兒童理財啟蒙故事 5

小富翁的秘密

正確金錢觀

真果果 編著

新雅文化事業有限公司
www.sunya.com.hk

兒童理財啟蒙故事 5

小富翁的秘密（正確金錢觀）

編　　著：真果果
繪　　畫：心傳奇工作室 逗鴨
責任編輯：張雲瑩
美術設計：劉麗萍
出　　版：新雅文化事業有限公司
香港英皇道499號北角工業大廈18樓
電話：（852）2138 7998
傳真：（852）2597 4003
網址：http://www.sunya.com.hk
電郵：marketing@sunya.com.hk
發　　行：香港聯合書刊物流有限公司
香港荃灣德士古道220-248號荃灣工業中心16樓
電話：（852）2150 2100
傳真：（852）2407 3062
電郵：info@suplogistics.com.hk
印　　刷：中華商務彩色印刷有限公司
香港新界大埔汀麗路36號
版　　次：二〇二二年四月初版

ISBN : 978-962-08-7986-9

18/F, North Point Industrial Building, 499 King's Road, Hong Kong
Published in Hong Kong, China
Printed in China

自從那次帶着貝殼去果果鎮市場，知道了古時候人們是以物易物交換大家所需的東西，並認識了現代人如今則是以金錢作買賣之後，風兔弟弟就有了一個願望：他想成為一名富人，賺很多的金錢，去買自己想買的東西。

班裏的小朋友都說樂樂虎是富人，因為他有一雙漂亮的球鞋和一隻非常酷的手錶。他還有零用錢，可以隨意買零食，有時還會送給小朋友們玩具。雖然風兔弟弟也有些羨慕樂樂虎，但他覺得樂樂虎只是多一點兒零用錢，還不能算是富人。

10

美鹿阿姨的家特別大，總共有五層樓，還有一個漂亮的大花園。她經常在花園裏招待朋友喝下午茶，風兔弟弟也去過美鹿阿姨的家，院子裏種滿各式各樣的鮮花。

風兔弟弟問媽媽：「美鹿阿姨算富人嗎？」

媽媽說：「不算，只是比我們有錢一些，生活得更舒適一點兒。」

SUPER

狐狸叔叔有一輛超級跑車，據説那輛車的價錢是兔爸爸五年的工資。風兔弟弟很喜歡那輛車，每次去狐狸叔叔家，風兔弟弟都會仔細把那輛車左看看右看看，希望長大以後，自己也能買得起一輛那樣的車。那狐狸叔叔算是一名富人嗎？兔爸爸説：「不算，他只是喜歡車，有一輛好車吧了。」

風兔弟弟問爸爸：「那麼，什麼樣的人才算是富人呢？」

兔爸爸說：「首先要有錢，要有很多錢。」

風兔弟弟繼續問：「要有多少錢呢？」

「或許是 100 萬，也或許是 1 億吧。」兔爸爸想了想。

「1 億是很多錢嗎？」風兔弟弟困惑不解地問。

兔爸爸說：「對，很多。爸爸工作一年賺 20 萬，要賺夠 1 億就要工作……500 年。」

「爸爸，我也想成為富人！」風兔弟弟興奮地說。

「那你為什麼要成為一名富人？」兔爸爸好奇地問。

風兔弟弟說：「成為一名富人，我的生活就會更加舒適，我可以買很多喜歡的東西。」

兔爸爸摸摸風兔弟弟的頭，說：「富人可不止是有很多錢的人，他們還有很多優秀的品格呢。」

「爸爸，成為富人還要有哪些品格？」風兔弟弟問。

「這個呀，你去查一查吧！」兔爸爸故意賣起關子來。

從此，風兔弟弟開始關注富人的成長故事。他發現，這些富人在成長過程中，都愛學習，看很多書。於是，風兔弟弟也開始看書，走到哪裏，看到哪裏。慢慢地，他真的愛看書了，因為書裏的世界太大了，有趣的事情太多了！

風兔弟弟還發現，富人做事有條理、有計劃。於是，風兔弟弟每天早上七點準時起牀，把自己的書包和花兔妹妹的書包整理好，還幫助兔媽媽準備早餐。

兔媽媽很開心地看到風兔弟弟的轉變，每個周五晚上都會和風兔弟弟一起計劃全家的周末活動。慢慢地，風兔弟弟可以獨立完成很多事情了。上個周末，他們要去池塘釣魚，風兔弟弟一個人準備了釣魚竿、釣魚線、漁網和魚餌。兔媽媽呢，只需給全家準備美味的午餐就行了。

事業成功的富人還有一個很重要的特質，就是對周圍事物保持着旺盛的好奇心，善於思考，勇於探究。

風兔弟弟可從來不缺乏好奇心，他的小腦袋一刻也沒有停止過思考，比如：先有雞還是先有蛋？母雞一次能下幾顆蛋？為什麼母雞有翅膀卻不能飛？公雞為什麼在大清早啼叫？

風兔弟弟還發現一個奇怪的現象，很多富人的生活並不怎麼奢華，他們不浪費金錢，衣着樸素，尊重自己，關心別人。

於是，風兔弟弟每天都穿着乾乾淨淨的衣服去幼稚園，對老師和小朋友都非常有禮貌，不浪費食物，也不再羡慕樂樂虎的球鞋和手錶，因為風兔弟弟內心有一個美好而又遠大的願望。

過了一段時間，風兔弟弟問兔爸爸：「爸爸，你覺得我這樣努力，是不是將來就能成為一名富人？」

爸爸點點頭，說：「你的這些好習慣，會讓你變成一個優秀的人。想要成為富人，還要有敏鋭的目光和長遠的打算。」

於是，風兔弟弟開始觀察周遭人們的生活。最近，他發現一個問題——年紀老了的爺爺奶奶、照顧孩子的媽媽，都不方便去鎮子上的市場買新鮮的水果和蔬菜。風兔弟弟想到一個賺錢的好主意：他每天去市場買回新鮮的水果和蔬菜，再以更高的價格賣給鄰居們。

風兔弟弟的做法很受歡迎，一個星期不到，就賺了200元。

14

風兔弟弟拿着賺來的第一筆錢，興沖沖地說：「爸爸，我這麼快就賺了 200 元！是不是很快就能成為富人了？」

兔爸爸搖搖頭，說：「真正優秀的富人，不僅自己積累財富，還要有社會責任心。有的富人為了賺錢不擇手段，例如：偷工減料、抬高價錢……他們都不能成為令人尊敬的富人。」

聽到爸爸的話，風兔弟弟有些難過，還有些羞愧，因為他一心想着快些成為富人，抬高價錢，真是太不應該了。

自那以後，風兔弟弟着鄰居們把需求寫在紙條上，然後到市場上按大家的需求採購。他每次只收取一元作為服務費，而且有時更會送一些小禮物給有需要的鄰居。

風兔弟弟的轉變，兔爸爸看在眼裏，喜在心上。這天晚飯後，爸爸表揚了風兔弟弟，可是風兔弟弟有些不太自信：「賺1億元太難了，我恐怕成不了富人了。」

兔爸爸笑了，説：「在通往成功的路上，有一個很重要的詞，叫機會。機會是每個人都有的，但很多人抓不住眼前的機會，因為他們沒有提前準備。只要你走好每一步，等到機會來了的時候，你就有能力抓住機會了。」

風兔弟弟追問：「那成為一名富人需要什麼樣的機會呢？」

兔爸爸摸了一下風兔弟弟的頭說：「爸爸也不知道，但爸爸知道，要努力，要做好準備，要往前走。看見前面那座高山了吧？只有你走到跟前，才能找到攀登這山的路。爸爸相信，只要你努力，你會走得很遠，看見各種各樣的機會迎面而來。」

風兔弟弟想了想，問道：「爸爸，那你抓住機會了嗎？」

兔爸爸笑了，打開了房門，走到院子裏，指着那一大片蘿蔔田說：「當然，爸爸一直努力抓住每一個小機會，比如遇到你媽媽，比如撫養你們幾個可愛的小兔子，比如種這麼一大片蘿蔔田……」

風兔弟弟沉默了一會兒，仰起頭對兔爸爸說：「爸爸，雖然成為一名富人很困難，但我還是希望長大以後，能有機會成為一名富人，做更多的事情，幫助更多的人。」

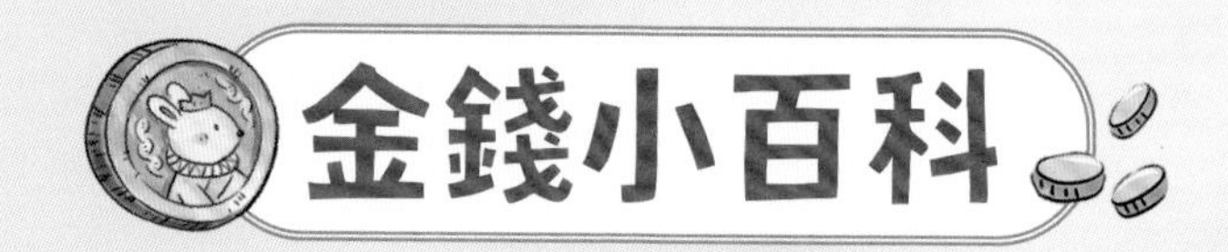

金錢小百科

① 有多少錢才是富人？

風兔弟弟聽說至少需要10億元兔子幣才能算是一名真正的富人。10億元兔子幣能買多少塊巧克力呢？ 50元一塊最好吃的綠纓巧克力，10億元兔子幣可以買2,000萬塊巧克力，大概可以裝滿10座兔子大屋。

只是，在不同的地方有不同的物價水平，同一件東西，有些地方賣得貴些，有些地方賣得便宜些。所以，擁有多少金錢才算是富人，其實也沒一定的標準。

CHOCOLATE

② 有很多錢就是真正的富人了嗎？

大量的財富是成為富人的一個指標，但不是全部指標。真正的富人，更應該有良好的個人品格，還應該有一定的社會責任感。比如，有能力的時候，幫助別人做一件別人暫時還力所不能及的事情。